INDIAN PRAIRIE PUBLIC LIBRARY
401 Plainfield Road
Darien, IL 60561

- 8 2019

D1268473

おやつはなあに？

井出　亜里

著作者の許可文書無しに本書の内容の一部、または全部を
無断転載、複写、複製、撮影、スキャン、デジタル化することは
著作権によって固く禁じられています。

複写をご希望の場合は、下記までご連絡ください。

What's Your Snack by Ari Idee

Copyright © 2013 Technology and Imagination Press
Text and Illustrations copyright © 2013 by Ari Idee
All rights reserved.

No part of this publication may be reproduced, stored in a retrieval system, or transmitted
in any form or by any means, electronic, mechanical, photocopying, recording ,or otherwise,
without written permission of the publisher.
For information, on getting permission for reprints and excerpts,
contact tip_books@happyhippocreations.com

ISBN: 0-9798991-5-X
ISBN-13: 978-0-9798991-5-7

First Printing 2013

でんでんむしむしかたつむり
きょうのおやつになにたべる？

きゃべつをたべるよ、
さくさくさく。

みつばち、みつばちぶんぶんぶん
きょうのおやつになにたべる？

みつがのみたい、
ちゅうちゅうちゅう。

にわとり、ひよこがこっこっこっ
きょうのおやつになにたべる？

とうもろこしを
ぽりぽりぽり。

ことり、すいすいあおいとり
きょうのおやつになにたべる？

まっかな、のいちご
ぱくぱくぱく。

きんぎょ、ゆらゆらすーいすい
きょうのおやつになにたべる？

みどりのかいそう
つるつるん。

きょうりゅう、きょうりゅう
どすんどすん きょうのおやつにな
にたべる？

しだが、あおあお
わしわしわし。

ぞうさん、ぞうさんのしのしのし
きょうのおやつになにたべる？

ばながあまそう
むしゃむしゃむしゃ。

ころころころり、だんごむし
きょうのおやつになにたべる？

かれはをたべよう
ぱりぱりり。

りすさん、はしるよ
ぴょんぴょこぴょん
きょうのおやつになにたべる？

どんぐりつかんで
ごりごりごり！

つみきであそぶよ、とんとことん。

きょうのおやつになにたべる？

かあさんかあさん　なにやいた？
きょうのおやつに
なにやいた？

あったかほかほか　まどれーぬ。
おおきなおくちで
もぐもぐもぐ。

井出　亜里
１９７６年　埼玉県生まれ。
１９９９年　上野学園音楽大学

器楽学部　ピアノ科卒業。
２００３年　明治学院大学
文学部　英文学科卒業。
カリフォルニア州在住。

Ari Idee was born in Japan in 1976.
She graduated with a B.A. in Art from
Ueno Gakuen University in 1999 and
a B.A in English Literature from
Meiji Gakuin University in 2003.

http://aribooks.com

19512068R00017

Made in the USA
Lexington, KY
28 November 2018